AF257491

23 février 1859

P

COLLECTION

DE FEU

LE MARQUIS DE SAINT-MARC

TABLEAUX

ANCIENS

DE L'ÉCOLE FRANÇAISE

Vente le Mercredi 23 Février 1859

EXPOSITIONS

Particulière, le Mardi 22 Février 1859

Publique, le Mercredi 23 Février

UNION DES ARTS

Me EUGÈNE ESCRIBE	M. CH. ROUILLARD
Commissaire-Priseur	Expert

CATALOGUE

DES

17 TABLEAUX ORIGINAUX

DE L'ÉCOLE FRANÇAISE

ET D'UN TABLEAU DE L'ÉCOLE ITALIENNE

COMPOSANT LA COLLECTION DE FEU

M. le Marquis de SAINT-MARC

DONT LA VENTE AURA LIEU

HOTEL DES COMMISSAIRES-PRISEURS

RUE DROUOT, Nº 5

GRANDE SALLE Nº 5.

Le Mercredi 23 Février 1859, à 3 heures 1/2 précises

Par le ministère de Mᵉ EUGÈNE ESCRIBE, Commissaire-Priseur
Successeur de MM. POUCHET et RIDEL, rue Saint-Honoré, 217.
Assisté de M. CH. ROUILLARD, Peintre-Expert,
rue Neuve-St-Étienne-du-Mont, 13

EXPOSITIONS { PARTICULIÈRE, le Mardi 22, de midi à 5 heures.
{ PUBLIQUE, le Mercredi 23, de midi à 3 heures.

LE CATALOGUE SE DISTRIBUE :

Chez Mᵉ E. ESCRIBE, Commissaire-Priseur
— A L'UNION DES ARTS, 43, rue Saint-Georges.

1859

CONDITIONS DE LA VENTE

Elle sera faite au comptant.

Les acquéreurs paieront, en sus des adjudications, cinq pour cent applicables aux frais.

La collection du marquis de Saint-Marc présente un caractère assez rare à rencontrer de nos jours. Elle n'est pas seulement l'histoire de la vie et des succès du galant gentilhomme qui la forma, mais encore le reflet de cette époque de transition, où l'ancienne société, déjà vaguement troublée par les mystérieux tressaillements de la révolution, cherchait à s'étourdir au milieu des bals et des fêtes.

Les dieux de la Mythologie quittaient peu à peu l'Olympe pour faire place à des héros de fantaisie ou à des scènes dans lesquelles les mœurs du temps et les sentiments de la nature occupaient une plus large place. — Watteau, Pater et Lancret étaient morts, Boucher avait vieilli ; mais en revanche, Fragonard et Greuze apparaissaient à l'horizon.

Le marquis de Saint-Marc, né au château des Razins, près Bordeaux, en 1723, était, par sa naissance autant que par ses goûts, destiné à la carrière militaire, où il se fit bientôt remarquer dans cette foule de brillants seigneurs qui portaient gaiement l'uniforme.

Dès l'âge de quinze ans, le jeune de Saint-Marc servait comme enseigne dans les gardes françaises et se trouvait à la bataille de Fontenoy, où il fit preuve d'un si grand courage que les soldats, dans leur enthousiasme, l'enveloppèrent dans son drapeau et le portèrent aux pieds de Louis XV, qui l'embrassa.

Un événement imprévu vint malheureusement détruire son glorieux avenir. — Le poison compromit gravement la santé de notre héros, qui, obligé de quitter le service, resta cinq ans entre la vie et la mort : le jeune officier, que tant de belles et nobles dames s'étaient plu à surnommer l'*Amour*, n'offrit plus à leur bienveillance que l'ombre de lui-même.

Ce fut pendant cette longue convalescence que Saint-Marc, pour charmer les ennuis de cette retraite forcée, se jeta dans les bras des Muses.

Ses poésies fugitives eurent un grand succès ; elles étaient adressées aux femmes séduisantes dont il n'avait pu bannir le souvenir de son esprit et peut-être de son cœur.

Là ne se bornèrent point ses succès littéraires ; il fit bientôt paraître, en 1772, son bel opéra d'*Adèle de Ponthieu*, qui eut plus de cent représentations consécutives. — Cette pièce fut suivie de la *Fête de Flore* et du *Langage des fleurs*.

Bien que condamné par la Faculté, M. de Saint-Marc résolut d'attendre gaiement sa dernière heure. — Il vint se fixer à Paris ; il y ouvrit ses salons où, grâce à ses relations avec Voltaire, Colardeau, Dorat et une foule de femmes charmantes, il put attendre, au sein des arts et des plaisirs, la mort, qui parut l'oublier jusqu'à quatre-vingt-dix ans.

Il était très-lié avec Honoré Fragonard, auquel il commanda le portrait d'une de ses parentes, objet de sa plus tendre amitié. Ce petit tableau satisfit tellement le marquis qu'il chagea l'artiste d'orner ses salons de tableaux des maîtres de l'École française.

Telle fut l'origine de cette petite collection. Ce n'était pas, comme le disait avec trop de modestie le marquis de Saint-Marc lui-même, une galerie de tableaux ; c'était, ajoutait-il, simplement des tableaux de choix, de gracieuses compositions, ornant les salons d'un homme qui aime la peinture et qui s'estime heureux de présenter à ses concitoyens une réunion intéressante d'œuvres des peintres de son pays, sans mélange d'aucune autre école.

Aujourd'hui, la fille unique de l'illustre défunt, Mme de Laroze, se décide, non sans peine, à livrer aux enchères cette part la plus précieuse de l'héritage paternel. Les véritables amateurs comprendront la sincérité de ses regrets lorsqu'ils auront pu admirer la plupart des œuvres dont elle va se séparer pour jamais.

C'est d'abord la grande et magnifique composition de Ch. Coypel, *Rolland devenu furieux en apprenant la fuite d'Angélique et de Médor*, dont Louis XV se montra si satisfait qu'il en commanda une répétition en grand. Puis, le *Départ de l'officier de dragons*, par Garnier, ravissant épisode de famille, où le charme du coloris le dispute à celui de la composition. C'est une œuvre digne d'être mise en parallèle avec celles des princes de l'École Hollandaise.

Vient ensuite *le Char*, dû aux pinceaux réunis de Mlle Gérard et de Fragonard. Il a été tant de fois pastiché, contrefait et gravé, que nous éprouvons le besoin d'affirmer que celui-ci est le seul authentique.

Enfin apparaît *la Vache blanche*, cette splendide page dans laquelle Fragonard s'est élevé, nous n'hésitons pas à le dire, à la hauteur de J. Ruysdaël et de Paul Potter. Le génie du peintre y éclate dans toute sa magie et sa fierté; c'est une véritable merveille qui ira certainement prendre place au Musée, ou dans une des plus célèbres galeries de l'Europe.

Malgré tout notre désir de vous parler encore des tableaux de J. Vernet, du baron Regnault, de Lagrenée et de Loutherbourg, nous arrêtons là nos citations. Elles suffiront pour mettre en émoi tout ce que Paris compte d'amateurs riches et éclairés.

Toutes ces œuvres de l'École Française, nous nous plaisons à le répéter, sont d'une authenticité incontestable; elles sont vierges de toutes atteintes et de toutes retouches et complétement inconnues dans le commerce. Elles sont de trop illustre race pour qu'aucune barre de bâtardise vienne ternir l'éclat de leur blason. C'est donc là une noble conquête; heureux seront les vainqueurs, car ils deviendront à tout jamais les seigneurs et maîtres de ces pages séduisantes, auxquelles les années n'ont fait que prêter un charme de plus!

H. AUDIFFRED.

DÉSIGNATION

DES TABLEAUX

—

N° 1

E. AUBRY (1777).

La Laitière et le Pot au lait.

Une jeune fille assise par terre, se désespère de la chûte
de son pot au lait, dont elle contemple les débris.

Tableau en hauteur. — H. 55 et L. 41 c.

N° 2

F. BOUCHER.

Une Laitière suisse (Gravé).

Tableau en hauteur. — H. 22 c.; L. 17 c' 1/2.

N° 3

CH. COYPEL.

Rolland devenu furieux en apprenant la fuite d'Angélique et de Médor.

Cette composition capitale ne compte pas moins de
56 figures: on lit au bas du tableau cette inscription.

(Peint en 1755 par Ch. Coypel, qui l'a remise en grand la même année,
pour le Roi.)

Tableau en largeur. — H. 1 m. 50 c.; L. 2 m.

N° 4

DU MÊME.

Scène tirée de Don Quichotte.

Le bon chevalier, dans un petit repas champêtre, se prête aux espiégleries de trois charmantes petites filles.

Tableau en largeur. — H. 52 c. 1/2; L. 63 c.

N° 5

H. FRAGONARD (Signé).

La Vache blanche.

Une jeune fille est occupée à traire une vache, vue presque de face, près d'un arbre; tandis qu'un jeune homme s'avance avec précaution pour la surprendre.

Tableau en largeur. — H. 58 c.; L. 74 c.

N° 6

H. FRAGONARD et M⸢lle⸣ C. GÉRARD.

Le Char, charmante scène de famille.

Composition gravée et commandée expressément par
le marquis de Saint-Marc; le paysage est de Fragonard
et les personnages de mademoiselle Gérard.

Tableau en largeur. — H. 50 c.; L. 72 c.

N° 7

GARNIER (1788).

Le Départ de l'officier de dragons.

Un jeune homme, à peine sorti de l'enfance, reçoit
avant son départ, pour le régiment, les adieux de sa
famille, sa mère lui rappelle la gloire de ses aïeux, dont
elle lui montre fièrement les portraits. — A gauche, est
la fiancée du jeune officier qui lui offre une écharpe et un
panache blanc.

Cette ravissante composition tirée de l'*Épitre de la Chevalerie*, par le marquis de Saint-Marc, a été commandée
par lui. — Il y est représenté sous les traits du jeune
officier.

Tableau en largeur. — H. 57 c.; L. 74 c.

N° 8·

HILAIRE.

La Dévideuse.

Une jeune villageoise, debout, dévide en souriant, un écheveau de fil. — Près d'elle est un enfant au berceau, et une petite fille étudiant ses leçons.

Tableau en hauteur. — H. 85 c. L. 11.

N° 9

L. LAGRÉNÉE (1766).

Les Jardins d'Armide.

Des amours jouent avec les armes de Renaud, tandis qu'il peint sa tendresse à la belle Armide.

Tableau en largeur. — H. 58 c. L. 71 c.

N° 10

LOUTHERBOURG (1767).

La Halte de chasse.

Un seigneur et une jeune dame, en costume de chasse, déjeûnent gaîment au pied d'un arbre; un domestique les sert, un chien est à leurs pieds. — C'est encore le jeune marquis de Saint-Marc, sous les traits de la jeune femme.

Composition commandée.

Tableau en hauteur. — H. 80 c.; L. 64 c.

N° 11

MÉNAGEOT.

La jeune Mère.

Tableau en hauteur. — H. 24 c.; L. 18 c.

N° 12

RENAUT.

Chasseur amorçant son fusil.

Tableau en hauteur. — H. 22 c. 1/2; L. 17 1|2 c.

N° 13

REGNAULT (le baron). — Rome, 1775.

Alcibiade et Aspasie.

Socrate, dans un jour de troubles civils, vient arracher
Alcibiade des bras de la voluptueuse Aspasie.

Tableau en hauteur. — H. 58 c.; L. 72 c.

N° 14

SUBLEYRAS.

Le Faucon.

Tableau en hauteur. — H. 30 c. L.

N° 15

SUBLEYRAS.

La Courtisane.

Ces deux sujets sont tirés des Contes de Lafontaine.

Tableau en hauteur. — H. 30 c.; L. 23 c.

N° 16

JOSEPH VERNET (Signé).

Coucher de soleil.

Paysage marine; sur le devant sont des laveuses.

Tableau en largeur. — H. 58 c.; L. 80 c.

N° 17

J.—M. VIEN.

La Mélancolie.

Une jeune femme assise, la tête appuyée sur sa main droite, tient de la gauche sur ses genoux une tourterelle qu'elle fixe tendrement.

Tableau en hauteur. — H. 65 c.; L. 85 c.

N° 18

ÉCOLE ITALIENNE

LE GUIDE (Attribué à).

Une Madeleine.

La sainte, les cheveux épars, les mains jointes, semble implorer le Ciel vers lequel elle lève les yeux.

Cette magnifique tête, pleine d'inspiration et de suavité, est un cadeau de prince reçu diplomatiquement.

Tableau en hauteur. — H. 70 c.; L. 64 c.

Renou et Maulde, imprimeurs de la Compagnie des Commissaires-Priseurs
Rue de Rivoli, 144   933